AF364008

CATALOGUE

DES

TABLEAUX

ANCIENS & MODERNES

CURIOSITÉS ET MEUBLES

DONT LA VENTE AUX ENCHÉRES PUBLIQUES AURA LIEU

En vertu d'une Ordonnance de référé

Après le Décès de M. Charles LE BLANC

ANCIEN EMPLOYÉ A LA BIBLIOTHÈQUE IMPÉRIALE

HOTEL DES COMMISSAIRES-PRISEURS

Rue Drouot, n° 5

SALLE N° 4

LE MERCREDI 8 NOVEMBRE 1865

HEURE DE MIDI

Me DELBERGUE-CORMONT, Commissaire-Priseur,
rue de Provence, 8,
Assisté de M. DHIOS, Expert, rue Le Peletier, 33,
CHEZ LESQUELS SE DISTRIBUE LE PRÉSENT CATALOGUE.

EXPOSITION PUBLIQUE

Le Mardi 7 Novembre 1865, de une heure à cinq heures.

PARIS

RENOU & MAULDE

IMPRIMEURS DE LA COMPAGNIE DES COMMISSAIRES-PRISEURS

Rue de Rivoli, 144

1865

CATALOGUE

DES

TABLEAUX

ANCIENS & MODERNES

CURIOSITÉS ET MEUBLES

DONT LA VENTE AUX ENCHÈRES PUBLIQUES AURA LIEU

En vertu d'une Ordonnance de référé

Après le Décès de M. Charles LE BLANC

ANCIEN EMPLOYÉ A LA BIBLIOTHÈQUE IMPÉRIALE

HOTEL DES COMMISSAIRES-PRISEURS

Rue Drouot, n° 5

SALLE N° 4

LE MERCREDI 8 NOVEMBRE 1865

HEURE DE MIDI

M⁰ **DELBERGUE-CORMONT**, Commissaire-Priseur,
rue de Provence, 8,
Assisté de M. **DHIOS**, Expert, rue Le Peletier, 33,
CHEZ LESQUELS SE DISTRIBUE LE PRÉSENT CATALOGUE.

EXPOSITION PUBLIQUE

Le Mardi 7 Novembre 1865, de une heure à cinq heures.

PARIS — 1865

CONDITIONS DE LA VENTE

Elle ser   aite au comptant.

Les Acquéreurs paieront en sus des adjudications CINQ pour CENT, applicables aux frais.

NOTA. — La Collection des Estampes et Dessins, et la Bibliothèque de feu M. CHARLES LE BLANC, seront vendus prochainement et seront annoncés par de nouveaux Catalogues.

TABLEAUX ANCIENS

BALEN (Van)

1 — Sainte Famille.

CRAESBECK

2 — Intérieur flamand.

DANLOUX

3 — Portrait d'un artiste.

DEMARNE (Attribué à)

4 — Paysage orné de figures et d'animaux.

FRAGONARD (Honoré)

5 — Marchand d'orviétan sur une place publique. Charmante esquisse pleine de fougue.

FRANCK

6 — La Fuite en Égypte et Saint en prière. (Deux pendants.)

GAMELIN (1781)

7 — Groupe d'enfants. Étude.

DU MÊME

8 — Étude de vieilles femmes.

GREUZE (J.-B.)

9 — Portrait du peintre Jeaurat.
Toile. — Hauteur, 52 c. Largeur, 42 c.

FRANCS-HAALS (Manière de)

10 — Portrait d'un vieillard représenté à mi-corps, vêtu d'un manteau noir garni de fourrures, collerette blanche autour du col, coiffé d'un chapeau noir à larges bords ; de la main droite il tient un livre ouvert, et la main gauche est appuyée sur une table recouverte d'un tapis rouge. Très-beau portrait d'une grande vigueur d'exécution.

HEMLING (École de)

11 — Portraits de religieux, représentés au milieu d'un paysage.

LATOUR

12 — Portrait d'un gentilhomme. (Pastel.)

LOO (Louis-Michel Van)

13 — Famille de l'artiste.

L'Artiste est représenté la palette à la main, entouré de sa femme et de ses deux enfants.

LEDOUX (Mlle)

14 — Tête de jeune fille.

Elle est représentée la tête appuyée sur la main gauche; ses cheveux blonds retombent sur ses épaules à peine couvertes d'un léger voile de mousseline. Ce tableau est un des types les plus ravissants de Greuze, dont Mlle Ledoux fut la meilleure élève.

Toile. — Hauteur, 45 c. Largeur, 36 c.

NATOIRE

15 — Nymphe sur les eaux.

OSTADE (Attribué à ADRIEN VAN)

16 — Fumeur.

POUSSIN (NICOLAS)

17 — Le Christ mort.
   Peinture dans le style des Carrache.

RAOUX

18 — Concert.

RIBERA (1648), signé.

19 — Le Tasse en prison.

Il est représenté vu à mi-corps, la tête tournée de face et tenant un livre dans les mains. Peinture remarquable et d'une grande vigueur de touche.

RUBENS

20 — Esquisse sur carton. Allégorie mythologique.

SEGHERS ET VAN-HERP

21 — La Vierge et l'Enfant Jésus au milieu d'une
guirlande de fleurs.

VALLIN

22 — Tête de Bacchante.

SIMON VOUET

23 — Portrait de l'artiste.

ÉCOLE FLAMANDE

24 — Portrait d'homme à barbe blanche, coiffé d'une
toque noire.

Peinture sur bois d'une grande finesse d'exécution.

ÉCOLE FRANÇAISE

25 — Portrait de Joseph Vernet. (Forme ovale.)

ÉCOLE FRANÇAISE

26 — Figures grotesques. Allégorie.

ÉCOLE FRANÇAISE

27 — Dessus de porte. Peinture en camaïeu.

ÉCOLE FRANÇAISE

28 — Joueur de cornemuse.

ÉCOLE FRANÇAISE

29 — Portrait de l'abbé Lataignan.

ÉCOLE ITALIENNE

30 — La Vierge et l'Enfant Jésus entourés de saints.

TABLEAUX MODERNES

ARMAND-DUMARESQ

31 — Cheval de trait à l'écurie.

BOHM

32 — Paysage avec moulin.

DESJOBERT

33 — Paysage avec laveuses.

GANDOLFI

34 — Motif de plafond.

GUILLEMIN

35 — Intérieur breton.

E. HILLEMACHER

36 — Épisode d'Hamlet.

J. HINTZ

37 — Marine. Côtes de France.

DU MÊME

38 — Marine. Entrée d'un port.

J. HINTZ (1850)

39 — Plage.

HUGARD

40 — Marine. Effet de soleil couchant.

KARL GIRARDET

41 — Vue de Suisse.

KIORBOE

42 — Tête de chien de Terre-Neuve. Belle étude.

KIORBOE

43 — Chevaux de trait effrayés.

C. KUWASSEG, père.

44 — Paysage avec figures. Vue prise du bord d'un lac.

L. LASSALLE (1855)

45 — Pêcheurs aux bords de la mer.

LELEU (ARMAND)

46 — Scène d'intérieur.

MAGAUD

47 — Marchand juif. Environs de Constantinople.

MONFALLET (1855).

48 — Jeune Page tenant un plateau.

ROQUEPLAN (Camille)

49 — Jeune Femme assise dans un parc.

CURIOSITÉS

50 — Une petite Pendule en marbre blanc et bronze doré, de l'époque Louis XVI.

51 — Un Cartel en bronze ciselé et doré de la même époque.

52 — Une Pendule en forme de pyramide en marbre blanc et bronze doré. Époque Louis XVI.

53 — Une Pendule en terre cuite : les **Beaux-Arts**. Signée Roguier (1800).

54 — Deux Flambeaux en bronze doré, du temps de Louis XVI.

55 — Deux autres plus petits et un bougeoir. Même époque.

56 — Un petit Cabinet en bois noir, orné de peinture.

57 — Un Mortier en bronze à figures en relief.

58 — Une divinité chinoise, sculpture en bois. Travail très-ancien.

59 — La Fuite en Égypte, panneau en bois sculpté et doré.

60 — Quelques miniatures et nombre de cadres sculptés et dorés.

MEUBLES & OBJETS DIVERS

Batterie et ustensiles de cuisine et de ménage, porcelaine, verrerie, tables, chaises, fauteuils, canapé, toilette-commode, armoire à glace, bibliothèque en acajou.

Bureau Louis XVI à cylindre en bois de citronnier, à filets d'acajou ; petite bibliothèque en bois de citronnier, à filets de cuivre ; presse en bois pour estampes.

Literie, peu de linge et de garde-robe d'homme, vins, etc.

Renou et Maulde, Imprimeurs de la Compagnie des Commissaires-Priseurs, rue de Rivoli, 144.   45961

9 782329 439013